O Pequeno Livro do Cerrado

O Pequeno Livro do Cerrado

Gil Perini

Copyright © 2003 by Gil Perini

Direitos reservados e protegidos pela Lei 9.610 de 19.2.1998.
É proibida a reprodução total ou parcial sem autorização,
por escrito, da editora.

1ª ed., Editora Giordano, 1999.
2ª ed., Ateliê Editorial, 2003.

ISBN 85-7480-186-0

Direitos reservados à
ATELIÊ EDITORIAL
Rua Manoel Pereira Leite, 15
06709-280 – Cotia – SP – Brasil
Telefax: (11) 4612-9666
www.atelie.com.br

Impresso no Brasil 2003
Foi feito o depósito legal

Para Jacy Siqueira, meu amigo

Sumário

Voar 11

Amigos 17

A Pedra 27

A Seca 37

A Estrada 51

A Chuva 65

Fuxico 77

Explicação 83

Voar

Da vida, sabia tudo. Sabia mais, sabia voar. Não era vôo de passarinho, miúdo, empoleirando galhos – era muito mais. Era um vôo alto, como o dos urubus nas horas quentes do dia, só que enxergava ainda mais longe. E não precisava ter asas; era só tirar os pés do chão.

Era assim desde a primeira vez que montou a cavalo. Não pensava no andar a cavalo, nem nas coisas que tinha de fazer, nem em quem era ou a quem devia obrigação. Ali, entre o céu e o arreio, com os pés longe do chão, voava.

Pequeno, voava alto e bem longe. Via as coisas já contadas e outras que ninguém sabia. Às vezes se enganava. Viu uma cidade branca, brilhante, perto de um rio com águas verdes e vermelhas, misturadas. Pequenas pacus de ouro brincavam perto da praia. Quando o pai o levou à cidade, ficou triste – poucas casas de telha, muitas de palha e o Tocantins sujo, na caixa, resmungando o começo da cheia.

Voou para o outro lado. Era um jardim de flores pequenas, amarelas, que ia até a Bahia. Borboletas sem tanto, tinham uma asa só – pra voar se abraçavam. Se fortaleciam na amizade ou pertenciam ao chão. Do lado do jardim veio o pai, falavam fugido, porque não olhava nos olhos dos outros. Bobagem, era simplicidade, não era medo; era manso, nunca matou ninguém. Amanheceu morto na rede. Nunca reclamou de doença, a não ser o de embuchar com arroz frio. Também, quem não embucha com arroz frio nesse mundo?

Rodou fazendas, cresceu vaqueiro, viveu voando. Voava muito alto, mas já não ia tão longe, voava perto. Agora parecia voar para dentro dele mesmo.

Voava palavras. As palavras, conhecia as que interessam: as de sabença e as de serventia. Nome de árvore, peixe, passarinho, das peças do arreio, látego, loro, das roupas, chapéu, gibão, botina. De lambreta não gostava, espinho fura. Das peças do carro só aprendeu uma, e feia demais – recavém. Palavra sem serventia, nunca quis ser carreiro, pé na poeira escutando chiado. Pior, sem poder voar.

Teve vez que enrolou um doutor. Foi no penso e no esconso. Sabe não? Penso é fora do prumo, esconso é o chão inclinado. Penso largado tomba, no esconso escorre de um tudo. No cavalo, andava penso, voava esconsando palavras.

Também sabia de bosta. É engraçado, mas a bosta já tem nela o nome do bicho dela, sem confusão, sem mistura. Titica é de galinha, de cavalo é esterco, de gente – merda, jasmim precisa explicar, é cachorro. Do gado é bosta mesmo. Besteira merdas de nome; são todas iguais, feias, fedidas. Cheirosa só a do gado, quando seca, em manhã de oruvalho. Era quando mais gostava de levantar vôo.

Pra que saber os nomes? Pra mexer com menino, caçoar com eles. Foi assim que aprendeu a rir. Ria diferente, com a boca fechada, não fazia barulho. Entortava um pouco a boca e balançava os ombros como se saluçasse. Ria curto, ria pouco, não ria quando voava. Se começasse a rir no vôo acabava chorando, nunca soube porquê.

Sabia do gado como da vida – tudo. Então misturava tudo – o gado, o cavalo, a vida, o vôo. Viveu em cima do cavalo, atrás do gado, na frente da vida. O que fica pra trás a gente não conta, a não ser o que se voou.

Pretos, baios, mouros, curraleiros, chinas, zebus, giros, nerós, mirandeiros, crioulos. Boi é brabeza, vaca é mansa. A única que teve, neró-baia-truquez-rabuca, era boa. Nunca se via de falha.

Atrás do gado a vida inteira, em cima do cavalo o mais que pode e a vida, igual a bosta, cada um com a sua.

Eram muitos, o serviço era mais. Depois que passaram o correntão no cerrado, três anos de capim, depois só taboca, lugar de brabeza. Saíam juntos, quem via o boi pregava em cima, gritava. Os outros ajuntavam, levavam o boi na corda. Todos corriam, só ele voava.

Voando, viu o boi, mergulhou no arreio, soltou o cavalo. O boi flechou na taboca, cavalo flechou atrás.

Onde passa um boi
passa um cavalo,
pregado no arreio
um vaqueiro encourado.

A vida espocou como um *flash*, o tabocal fotografado em preto e branco, depois em preto e preto. Da morte, aprendeu agora; do amor, nem tempo ou notícia.

No outro dia, à tarde, um redemoinho de urubus denunciava o lugar. Quem chegou primeiro viu e contou. Estava deitado de bruços, em cima das tabocas. Uma entrou no sovaco, do lado esquerdo, e saiu no pé do pescoço, do outro lado. Os braços abertos como asas, os pés sem encostar no chão.

Acauã esgoelou bem perto. Na fornalha do cerrado nenhum tição pra mexer, pra calar o gavião agourento. Nem precisava, a Indesejada já estava ali.

Poucas gotas de sangue, no chão, faziam a festa de umas formigas pretas, esqueléticas, mímicas. Calangos cascavelhavam guizos de folhas.

Tinha o rosto de lado, a boca fechada e um pouco torta, como se estivesse rindo da ridícula posição, que desta vez, tinha escolhido para voar.

Plano de Vôo
(poema-rascunho do conto *Voar*)

Da vida, sabia tudo.
As palavras, conhecia.
Também sabia da bosta
do gado, como da vida.
Da morte, aprendeu agora.
Do amor, nem tempo ou notícia.

Amigos

1973 – Não era todo dia que os quatro se reuniam, nem isso era fácil, porque um deles, que tinha sido promotor na cidade, agora estava em outra comarca e só aparecia, às vezes, para uma cervejinha, como naquela noite, já que na comarca nova ainda não tinha amigos – que com promotor novo é assim, são todos odiados na chegada por conta da mania de abrir gavetas empoeiradas e ressuscitar processos esquecidos, querendo mandar pra cadeia gente boa, no umbral da prescrição, e outro que, também bacharel, gostava mesmo era de um microscópio e, como laboratorista competente, contava leucócitos e descobria plasmódios que explicavam as mais insuspeitadas febres e ainda ensinava: esquizonte periférico, doutor, pode ser falciparum, nas malárias graves, e eu, abobalhado, aprendendo que além de tratar malária eu estava ali, meio criança, fugindo da residência médica para tentar fugir da pobreza que na vaidade dos vinte me envergonhava mais que a ignorância e que hoje inverti, não porque fiquei rico ou sabido, mas porque a vida me ensinou que pentear cabelos brancos ajuda a valorizar coisas que dinheiro não compra e foi assim que a conversa escorreu para o lado da amizade e um outro, que era um médico mais velho, ficou calado o tempo todo como se fosse um psicanalista de atacado, com três divãs e três malucos na sua frente, cada um querendo filosofar com mais razão e um foi logo dizendo que a hora até que era boa porque amigo é conversa de bêbado, e como ainda estávamos na primeira cerveja dava pra conversar sem remorso e como éramos quatro, ali estava o tanto de amigos que um homem precisa – um pra cada alça do caixão, e aí teríamos de escolher um quinto pra morrer, quando alguém lembrou que agora os cemitérios têm uma carrocinha e que dois são suficientes ou mesmo um ou nenhum, porque funcionários da funerária fazem o serviço com mais competência e depois de morto ninguém precisa de amigos, porque ninguém é mais e que amizade não correspondida é veneração, coisa pra santo ou beato, e a conversa quase escapuliu para o bíblico mas voltou quando resolveram falar das qualidades dos amigos que tinham, cada um no seu grupo de mosqueteiros como se um por todos todos por um ainda significasse alguma coisa naquela cidade quente, abafada, poeirenta, desumana, fincada na beirada da estrada das onças que era na verdade um canudo de poeira no meio do cerrado e que na falta de onças era um carreador de saúvas-bestas andando pro norte atrás de dinheiro que é o que corre nas cidades novas e nos garimpos e razão por que se enfrentava tanto desconforto e justificava o desassossego geral como naquele agosto em que a fumaça das queimadas teimava em não subir e a poeira não abaixava e dava à cidade uma aparência de Londres do inferno, cada casa com seu lam-

Amigos   19

pião; a energia elétrica parada cinqüenta léguas acima por culpa dos políticos deveria chegar na próxima eleição, se houvesse eleição – era ditadura, com muita gente sumindo como estavam sumidos no meio da bruma os dois picos gêmeos que dominavam o horizonte pros lados do Estreito e até a serra do Bonsucesso que só se via à noite por causa do fogo que a bordejava como fino cordão de ouro displicentemente desarranjado no colo de uma mulher nua, deitada, que nem a lua clareava, porque na fumaça a lua – e naquela noite era cheia – parecia mais um prato sujo que não clareava ninguém, mais ainda ali nos fundos do hospital, debaixo do pequizeiro que sobrou do cerrado, e que ninguém deixava derrubar porque além dos frutos e da sombra, servia de suporte para um montão de bilhetes da loteria estadual, corridos e não premiados, todos do macaco, mania de um deles e que emprestavam ao tronco um aspecto de totem macabro, freqüentemente visitado por uns curiosos que faziam hora enquanto esperavam a consulta de parentes e que de noite era o lugar da reunião obrigatória onde se comentavam as notícias que algum insone tinha conseguido ouvir de madrugada nos rádios de pilha e foi assim, de repente, que o assunto sumiu e um silêncio envergonhado se impôs, só interrompido por uns ranrãs e uns pois-é e foi quando ele se mexeu na cadeira de espaguete, levou o corpo para a frente e nós três percebemos que ele estava ali e como tinha ficado sempre calado parecia estar chegando naquela hora, vindo de longe, como quem anda sem pressa numa estrada feita a pneu no meio da várzea, com o miolo de sete-sangrias orvalhado e então, mansamente... cuidadosamente... como era seu jeito, seu costume, ele falou:

– Foi numa noite parecida com essa, só que era mais tarde e estava mais quente. À tarde, tinha caído um chuvisqueiro temporão, que nem apagou a poeira, nem espantou a fumaça, mas serviu pra aumentar o calor. Eu era o único médico na cidade, e estava aqui, sozinho, aqui no pequizeiro, quando uma enfermeira chegou ali na porta (e apontou a mão para trás), apavorada:

"Corre, doutor, o homem tá mal."

Quatro passos e estávamos juntos, ela emendou: "Facadas, doutor, muitas, no corpo todo."

No corredor do hospital, Josino, aquele do

táxi, apareceu nervoso: "Tenho nada com isso não doutor! Fui fazer o balão, lá na rodoviária velha, e o farol clareou o homem caído, no meio do sangue. Ele mexeu, doutor, eu sou cristão, doutor, botei ele no jipe, trouxe pro hospital. Olha o que sobrou pra mim: lavar o jipe e prestar depoimento."

"Quem é ele, Josino?"

"Sei não doutor, parece gente de fora, só falou uma palavra – Almerinda."

Na sala de emergência estava o homem, ou o que restava dele: branco, muito pálido, a roupa empapada de terra e sangue, buracos de faca no peito, no abdome, dois cortes profundos no rosto e as mãos, completamente dilaceradas, como se ele as tivesse usado como escudos, na inútil tentativa de se defender do seu algoz. Estava agonizante, mas estava lúcido.

Pouca coisa ou nenhuma eu poderia fazer por aquele homem, a não ser identificá-lo, saber para quem entregar o cadáver, porque um médico sozinho, num hospital sem recursos...

"Seu nome, meu amigo?"

"Zemartim."

"Onde o senhor mora, seu Zé Martins?"
"Moro no mundo."
"Como, no mundo?"
"Sou andariz, doutor."
"Parente nesta cidade?" – "Não."
"Conhecido?" – "Não."
"Amigo?" – "Não."
"Nem um amigo, seu Zé?"

Ele ficou em silêncio um pedaço de minuto que me pareceu eterno, eu tive a impressão de que ele revisou sua vida inteira, como Cristo nas Oliveiras, e então ele respondeu com uma voz diferente, forte, dominadora, que parecia transpirar coragem ou ódio:

"Amigo eu só tenho um, doutor."
"E quem é ele, pelo amor de Deus?"
"É o Giliberto."
"E quem é esse tal de Giliberto?"
"É o que me deu as facadas, doutor."

1998 – Vinte e cinco anos é muito, as amizades esfriam... distantes, os quatro nunca mais se encontraram os quatro e quando às vezes dois, o assunto é outro, ou falta assunto e não se fala mais de amizade, dos que chegaram e sumiram parecendo amigos; estão apartados, um deles voltou pra sua cidade, se enfurnou no sertão, quer ver o Tocantins todas as manhãs, celebrar com os bichos a natureza braba do rio, pescar pacus, navegar o Tropeço Grande, outro foi num subindo rápido até o pudê, onde desescandalizou mandiocas, processou figurões da República, o da história ficou, parece que ele pertence à cidade, ou ela a ele, ou os dois se pertencem, amalgamados, como estas coisas que, misturadas, não se separam mais – café e leite, amor e sofrimento e o outro, eu, fugi pra cidade grande, uma sereia que me encantou com assobios de ciência e agora tento costurar no papel estas palavras com medo que o arremate seja um nó – na garganta... pois é... os quatro... não temos mais nada em comum a não ser na alma, as cicatrizes das incontáveis facadas de implacáveis gilibertos que, na vida, fomos abraçando pensando que eram amigos.

Para Trajano Machado Gontijo Filho

P.S. – Falta explicar o enigma Almerinda. Não sei se é verdade ou se coloquei isto na história para dar um quê de erudição ou mistério – uma clara referência a Rosebud, do Cidadão Kane. Acho que uma vez perguntei ao Trajano. Ele disse que tinha perguntado ao Zé Martins e que ele ficou calado, balançou a cabeça em negativa, engoliu um pouco de sangue e fechou os olhos. Não foi ali que ele morreu; ele devia era estar com medo de que, quando as pupilas dilatassem, alguém olhasse lá dentro e visse o rosto dela fotografado na sua retina. Ela ficou com a alma dele, e nós não temos o direito de tentar saber quem ela é.

A Pedra

A última vez que ouvi meu nome foi pela boca da minha mãe que morreu faz tanto tempo, que eu já nem lembro do jeito dela como também não quero lembrar do jeito que ela me chamava, porque ninguém nunca mais me chamou assim e então o meu nome morreu com ela. Mas eu continuo vivo.

Medo? Tenho não senhor. É, eu moro sozinho, sozinho mesmo, aqui no meio do cerrado. É uma casa pequena que eu mesmo fiz, cortei os paus de aroeira, rachei as lascas de sobro, juntei as tabocas, barreei com terra de minhoca para evitar que rachasse e cobri com folha de buriti, que peguei aqui perto, na vereda de baixo. É um cômodo só – uma rede de algodão, uma trempe de pedras, dois caixotes e a mala.

De roda, nem um palmo de cerca, nenhuma criação, o brocado da roça tem uns pés de mandioca e se os pebas facilitam no mandiocal, como tatu. Uma moita de bananas, outra de cana e um pé de jaca que eu plantei e que, graças a Deus, ainda não deu fruta.

Vivo aqui porque gosto e porque aqui tudo é meu. A terra, a casa, as árvores, as pedras, os passarinhos. Mas não é meu porque posso vender, fazer, desfazer. É meu porque gosto, porque zelo, carinho, protejo. Só assim entendo o possuir e por isso nada, de verdade, é meu; eu é que pertenço a este pedaço de chão, e também é por pensar deste jeito que só possuo coisas – nunca tive ninguém.

A rodagem é a duas léguas, daqui nem escuto o barulho. O povo caçoa comigo, diz que quando chego lá não sei pra que lado eu vou. Pra esquerda ou pra direita tanto faz, depende do carro que passa. É burrice não senhor; qualquer hora eu explico, e me defendo.

Agora preciso explicar que não estou falando com ninguém, falo sozinho, comigo mesmo, como faço todos os dias e que é a única coisa que posso fazer pra sentir que estou vivo. E falando sozinho, faço aqui o mundo do meu jeito.

Começo que o tempo não tem importância, nem os nomes dos dias, nem o tanto das horas. Resolvo que depois de segunda vem domingo ou quinta e faço o que gosto de fazer na quinta ou no domingo e posso até mudar o nome do dia no meio dele – o dia é meu, o tempo é meu.

Divido o dia em outros dias, atraso as coisas que quero, encomprido as manhãs, encurto as tardes, ponho a noite do tamanho do sonho. Posso viajar amanhã, pode ser hoje, daqui a pouquinho. Meu dia tem muitos dias, às vezes nenhum.

Por isso, perdi a noção do tempo como contam os outros e já não sei quantos anos eu tenho e isso não me abala; sei que estou velho, os cabelos denunciam, as pernas concordam.

Também não sei quando foi que perdi uma vista, que, depois de machucada, inflamou. Os médicos disseram que se não tirasse perdia a outra também. Hoje não ia fazer falta, que de olho fechado, no escuro, conheço a minha casa, sei onde fica cada pedra do terreiro, cada árvore no cerrado, sei de cor o caminho pra rodagem. Com um olho só vejo melhor que muitos com dois, mas aqui eu nem preciso ver, é só sentir e eu sinto o meu mundo pregado na minha pele; somos um.

Não leio, não escrevo, não preciso. Aprendi as coisas no mundo. Não tenho dinheiro, nunca tive. As poucas coisas de necessidade troco por serviço – alguém quer capinar um terreno, precisa de alguém pra vigiar uma casa... não recebo dinheiro, troco por coisas de precisão. Ninguém me incomoda, ninguém me pede voto ou opinião, em cada lugar tenho um nome, sou importante sendo ninguém.

Documento? Tenho não. Nem meu, nem desse pedaço de chão que não é fazenda, é posse, pequena, que as divisas dos vizinhos me empurraram de todo lado e não empurraram mais que a terra não presta. É a pura pedra canga e um gorgulho fino que mal deixa passar as raízes do agreste. Praqui-prali uma árvore, duas veredas, a de baixo firme na seca, a de cima, que seca, é a do buriti sozinho, e tem o ribeirão.

Quando quero, pesco. Me encanta uma pedreira grande, saindo fora da água. Fico um tempão olhando, pensando... que a água que bate nela é a mesma água, a pedra é sempre a mesma pedra, mas a correnteza vive mudando. Fico parado tentando adivinhar onde aparece um rebojo, onde é que se forma a espuma. Dou uns gritos querendo mandar na água e vou aprendendo que não mando na água, como não mando em nada, sou só uma besta pensando que mando em mim.

E foi ali, perto da pedreira, na rasura do ribeirão, que um dia eu vi o sol dentro d'água. O clarão, feito espelho, me incomodou; mudei de lugar, o sol continuava lá. Entrei na água, enfiei nela o braço até quase o ombro e então eu peguei o sol.

Eu já tinha visto no gorgulho da prainha umas formas – ferragem, palha-de-arroz, pedra-de-fogo, mas desta vez era a pedra. Ela estava na minha mão, branca-azulada, fazenda-fina, sem trinca, sem urubu, quase do tamanho de um ovo de galinha. Eu conhecia diamante, trabalhei muitos anos com um capangueiro, cuidava das mulas dele, rodei muitos garimpos – cedo Jacundá, de tarde já cum febre, de noite já cum Deus. Também tremi suas malárias.

Comecei a tremer de alegria, ou de medo.

Voltei correndo pro rancho, limpei a pedra com uma camisa velha, ela era mesmo muito bonita. Não tinha dúvida, era um diamante. Guardei a pedra na mala.

O resto do dia zanzei no cerrado, apalpei minhas árvores, subi nas pedras, escutei passarinhos. O calor forte demais, meses que não chovia. Queria esquecer a pedra, ela estava em todo lugar que eu olhava. No seco, na sombra, debaixo das folhas. Voltei correndo pra casa, fiquei tempão sentado na porta e nesse dia não comi, tinha uma coisa me entalando.

De noite o sono foi ruim, custei a dormir e dormi aos pedaços. Sonhei com ladrões, com santos, com a festa do Divino, eu capitão, no meio do mastro de quatro varas, carregado na procissão. Sonhei com uma canoa que virou no Tropeção, eu no piloto, comigo mais dois: meu pai que eu não conheci e um filho que eu nunca tive. Sonhei que a coluna dos revoltosos que passou por aqui quando minha mãe ficou grávida a primeira vez e pariu uma menina que morreu de mal-de-umbigo, estava de volta. Marchava para trás, todo mundo de marcha a ré, até os cavalos, todos no passo certo, o pé com força no chão.

O barulho da tropa que me acordou era o meu coração querendo sair do peito; eu estava molhado de suor. Levantei, procurei água, afastei as varas da porta. Uma nesga de sol começou a clarear o céu. O dia me acalmou, voltei pra rede, dormi mais um pouco, e aí não sonhei.

Levantei, botei na mala uma muda de roupa limpa e a pedra; quase corri pra rodagem. A estrada de terra ia da cidade da beira do asfalto pra cidade da beira do rio. Doze léguas de costela e poeira. O caminhão que me levou na carroceria ia pra cidade do rio. Desta vez, se pudesse, tinha ido pro lado do asfalto, onde o comércio é mais forte, mais fácil vender a pedra.

A cidade estava parada, quase morta, no dia deles era domingo e nas horas quentes da tarde, barriga cheia de frango e cachaça, gente grande fica dormindo e a meninada corre pro ribeirão e cai n'água que nem filhote de índio.

Guardei a mala no quartinho dos fundos do boteco da praça, onde sempre deixava as minhas coisas, coloquei a pedra no bolso, fechada na minha mão e saí olhando a cidade.

Parei na porta de cada casa, olhava, examinava.

Sabia que o dinheiro da pedra dava pra comprar todas com sobra, comprava as ruas, os quintais, as fazendas em roda, a loja grande da praça, os botecos com todas as suas garrafas. Não comprava a igreja, que era de Deus, não era de negócio.

Fui fazendo na cabeça as casas ficarem bonitas, pintei paredes, consertei telhados, puxei varandas, coloquei vidraças, asfaltei as ruas. Vi que podia ficar rico, comprar tudo, deixar tudo do meu jeito.

Da praça até o porto, umas duzentas braças que andei sem ver.

No cais de cimento não tinha ninguém. Duas canoas de tábuas, amarradas e cheias d'água, o rio limpo, água cor de garapa, tranqüilo.

Não sei quanto tempo namorei o Tocantins naquela tarde. Lembrei de todas as pescarias, das caçadas, das viagens de barco. Tive saudade de um menino que eu sabia que estava escondido em mim, mas não quis lembrar o nome dele, o meu nome.

Tirei a pedra do bolso, joguei a pedra no rio.

Continuo morando no cerrado e às vezes vou até a rodagem, pego condução pra uma cidade, a do rio, a do asfalto, tanto faz. Em qualquer delas as mesmas casas, as mesmas caras, interesses, traições, roubos, paixões, sofrimentos. As duas são iguais, só muda o nome das ruas e, por isso, ir pra uma ou pra outra é a mesma coisa, não é burrice não.

Acho que hoje gosto mais de ir pra cidade do rio. Fico sentado no porto, namorando o rio, pensando se ele já perdoou a pedrada que eu dei nele. Acho que sim. A pedra dava pra comprar uma cidade mas aí eu ia comprar um nome, documentos, respeito, inveja, inimizades; ia ser alguém e me perder.

Quando joguei fora a pedra, comprei e paguei o que sempre tive – a minha posse, a minha casa, as minhas árvores, os meus passarinhos, a minha liberdade e esse jeito meio besta que eu tenho de ser feliz.

E até que foi barato... 'me custou nada, a pedra.

A Seca

Quando ameaça parar de chover no cerrado é como se um grande trovão, um só, sacudisse o mundo. A chuva, que vinha manhosa, pingando goteiras nos raros beirais de telha e enverdecendo de lodo as palhas de buriti ou de piaçaba por cima dos ranchos, que fazia dos grandes varjões imensos lagos rasos, pára. Pára de uma vez e seca tudo. O agreste que já estava duro, vira farinha.

Em poucos dias o verde é restrito às folhas de algumas árvores, aos periquitos e papagaios, às vagens do miroró, e é só. Nenhum olho verde olha a paisagem – o lugar é de índios, pretos, caboclos, cafuzos. O cerrado se vê com olhos castanhos.

E castanhos são os bichos, que castanhos e escuros se aproveitam das noites, e de dia o cerrado na seca é quase morto; algumas emas, passarinhos nas manhãs e nos fins de tarde. O ar parece tremer, a roupa prega no corpo e quem trabalha precisa, depressa, cuidar do gado e da vida. É a hora da sorte.

Assim os vaqueiros ganhavam a vida – melhor, tentavam escapar da morte, vivendo sem salário, largados quase à míngua nas grandes fazendas. Recebiam o gado, um cavalo, ferramentas, espingarda e munição, um tanto de querosene, outro de sal. Cuidavam do gado na larga, viviam de caça, algum peixe, um quintal de mandioca, arroz, milho e feijão.

No mês de maio era a desmama, a apartação e o acerto. Cinco bezerros pro dono, um pro vaqueiro, quatro-por-um, três-por-um, quanto mais bruto o chão, mais distante a fazenda, mais arisco o gado, maior a parte do vaqueiro, a sorte.

O trecho que vai do Formoso até o Javaé, enfeixando o Pau-Seco, o Escuro e o Piau, é uma mistura de varjões, cerrado-grosso, ribeirões que secam, lagos e umas poucas veredas de buritis. A fazenda era muito grande, sem cercas, sem benfeitorias, uns quinze retiros esparramados, cada um com uma família, vaqueiros velhos, filhos crescidos, muito gado, e após a partilha e o acerto, onde se ficava sabendo o que se devia e não o que se ganhou, era a hora de juntar o gado, ferrar de novo os de marca apagada, separar as vacas de bezerro novo, que tinham de ficar para trás, e levar o resto do gado pra ilha.

Ninguém sabe quando começou. O que se sabia era que o Araguaia, nas águas, cobria quase toda a ilha do Bananal, e um capim gigante, de talos parecidos com cana-de-açúcar, crescia e se deitava sobre troncos caídos, aguapés, areões. A canarana, pasto bom pras capivaras nas águas, havia agora de salvar o gado na seca.

Dos tantos retiros, o mais bem cuidado, o mais perto da porta, era o da viúva. Ela e o filho único cuidaram daquilo muito tempo. Antes tinha um irmão da viúva, solteirão e, quando podia, farrista, que morreu de besta, espetado de faca, por conta de uma puta no Gurupi. Nisso, o menino, já grandinho, passou a cuidar do gado – virou vaqueiro da sorte.

Sendo o mais perto da sede, quando o dono chegava, era o primeiro no acerto. Depois de acertar as suas, o menino ainda tinha a obrigação de viajar com o velho os outros retiros, ajudar nos acertos, um a um. Pouco conversavam, se entendiam no jeito de olhar.

Aquelas andanças fizeram com que o menino ficasse com o jeito do velho ou o menino já tinha o jeito dele e nem sabia e que só mostrava quando estavam juntos. Gostavam e desgostavam as mesmas coisas. A apartação de um servia pro outro sem reparo, sem defeito.

O velho tratava o menino com jeito, quando sozinhos, mas tinha o costume de bradar com ele na frente de estranhos, e era só com ele, o que fazia o menino diferente dos outros.

E foram muitas as secas na apartação, no acerto de contas e depois, na grande viagem pra ilha, a alegria dos pousos, a travessia do Javaé, ilha adentro até o Riozinho, o gado na larga, as pescarias com os índios. E era bom, aquela vidinha de à-toa, o gado pastando, engordando na seca. Depois do vento geral, ajuntar o gado e voltar pro cerrado, antes que o mundo desmanchasse em chuva.

Ali na ilha, tinha o tempo todo pra pensar. Porque era só com ele que o velho brigava, porque às vezes era quase humilhado por pouca coisa, e porque então era só pra ele que o velho todo ano trazia um agrado de um jeito especial, fosse um chapéu, um canivete. Mas sempre qualquer coisa que também no agrado o fizesse diferente.

Arriscou perguntar pra mãe viúva o porquê. Qual a razão para ser tratado tão bem e tão mal pela mesma pessoa. Não estava preparado para ouvir o que ouviu, mas por dentro até que adivinhava.

Ele era filho do velho e não do marido da mãe, que tinha morrido bem antes dele nascer, daí porque se pareciam tanto, gostavam os mesmos gostos e até porque aceitava as desfeitas do velho na frente dos outros. Era coisa de pai com filho, sabia agora. E agora sabia porque, às vezes, tinha vontade de tirar as botinas do velho, de armar sua rede nos pousos, de pegar uma fruta no mato e levar pra fazer agrado. Agora sabia porque, muitas vezes, teve vontade de chamar o velho de pai.

E foram muitas as secas na apartação, não do gado, mas do sentimento. Os dois sabiam, um não queria, o outro não podia dizer.

A mãe contou também que chegou ali pouco mais que menina, casada com um vaqueiro que subiu o rio e trabalhou uns tempos no Mato Grosso. Se conheceram em São José, se ajuntaram que lá não tinha padre nem cartório; trouxe junto o irmão pequeno, pra fazer companhia enquanto o marido campeava.

Foram trabalhar no retiro de um que morreu de cobra e a mulher resolveu ir embora. Na primeira apartação, o velho, que não viajava com dinheiro, chegou e pediu que o marido fosse buscar na cidade, na mão de um compadre e amigo. Levou um bilhete. Só não ficou com o nome de ladrão porque acharam o corpo, já podre, meio comido de bichos. Do dinheiro nem sinal.

O velho, que era novo, foi bom. Deixou o retiro com ela e o irmão menino. Nas visitas da seca ela ia cuidar da sede. Nas noites quentes do cerrado, dormiam na mesma rede.

No ano que ela pariu o velho arrumou uma outra, que também era viúva, mais nova, e que anoiteceu e não amanheceu. Desde então sempre tinha uma mulher cuidando da casa nas secas, que o velho chegava em maio para a sorte e os acertos e ia embora quando o gado, reunido, descia pra ilha. Quase sempre era uma viúva nova, de marido morto em viagem a cavalo ou que sumiu e ninguém sabe se morreu ou se mudou, que o cerrado é grande, igual, e pra pobre, o sofrimento, tanto faz onde se vive.

Mas naquele fim das águas nem pensava no que era sofrimento. Já não era mais o menino da viúva; agora era um homem casado, tinha uma mulher em casa pra ajudar na lida, cuidar dele e da mãe. Depois do acerto, iriam juntos pra ilha. Ele prometeu fazer um rancho na beira do Riozinho, o carajá ia mostrar como se flecha jaraqui, como se mata o pirosca, iam comer tracajá moqueado. Fazia as promessas olhando nos olhos dela, verdes como a folha nova do tingui, a pele muito clara, e o cabelo liso, muito preto.

Todas as tardes, pregava o olho na estrada da sede; nada do velho. Desta vez tinha caprichado na limpeza da casa, do quintal, nos queijos meiacura, nas lingüiças em cima da fornalha. O quarto bem-arrumado, uma cama e uma rede, o velho podia escolher. Já tinha umas quatro secas que o velho, por velhice ou por respeito, não tinha mulher na casa.

A chegada, como das outras vezes, foi sem tropelia. O velho desarriou a tropa, tomou um banho de lata e cuidou de dormir com as galinhas. Amanheceu com as visitas, uns biscoitos, uns ovos – o menino trouxe a nova família.

Falou em fazer o acerto, o velho refugou. Desta vez ia ser diferente, ia acertar com os outros primeiro, ele, que era da porta, ficava pro fim – sairiam na manhã. Almoçaram juntos, o velho sempre calado, parecia diferente, distraído, quase ausente.

Dormiu mal, assustado, tinha alguma diferença, o velho não trouxe agrado, ou trouxe e não quis entregar. Mudou a ordem do acerto – teve medo de ser mandado embora, talvez não tivesse agradado o casamento sem avisar, não ia poder contar a outra novidade, adeus planos, quem sabe, adeus viagem pra ilha.

Nunca o velho foi tão rigoroso na apartação, apertou quem e o quanto pôde. Não sabia dizer do acerto, que isto o velho fazia sozinho com o vaqueiro, dentro da casa, com o livro de contas apoiado nas pernas, sentado num pilão ou num caixote de querosene. Não devia ter sido bom, pela cara de raiva de uns, cara de tacho de outros e cara boa, de ninguém.

O seu acerto foi fácil, até parecia que o velho queria um prejuízo. Imaginou que o velho quis fazer do acerto o seu agrado ou, talvez, fosse o presente de casamento ou talvez reconhecesse o trabalho, ou talvez resolvesse mostrar que ele era diferente e melhor e então estavam fazendo um negócio que não era negócio, era coisa de pai pra filho, mas o velho não disse nada nem perguntou se estava bom do jeito que estava e ele também não reclamou nem agradeceu e ficou um acerto chocho e no fim da tarde os bezerros carimbados na cara, as marcas apagadas no gado erado refeitas, o velho, cabeça baixa, falou de um jeito que ele nunca tinha escutado.

– Menino, preciso de um grande favor.

Aí ficou calado um tempão, que dava pra pitar um cigarro inteiro, riscou no chão com uma varinha um monte de cinco-salumão que foi apagando com o pé, e completou:

– Na vinda, fiquei de pouso na casa do meu compadre, lá no Pontal. Tinha de dar um recado a ele, precisão de uma filha que está estudando fora, e esqueci. Vou voltar por outras bandas, por conta de compromissos. Cê vai levar pra ele um bilhete com o recado. Daqui até lá, duas marchas, cê dorme uma noite lá, duas no mato, a quarta já dorme em casa. Vai atrasar sua ida pra ilha, os outros levam seu gado, cê vai mais tarde com seu povo e sem obrigação de boiada, volta o dia que quiser.

Não era um pedido. Arrumou duas mudas de roupa em um saco, a mãe fez um frito enquanto a mulher chorava querendo ir junto; bobagem, só ia atrasar. Da parede de adobe tirou a velha Laporte, dois canos, de cão, carregar pela boca. Limpou os ouvidos da espingarda com um arame fino, de aço. Assoprou pra tirar a poeira. O cano direito recebeu pouca pólvora e um tantinho de chumbo fino, passarinheiro; o esquerdo, o de choque, no capricho: uma talagada boa de pólvora Elefante socada até a vareta pular pra fora do cano e meia cuia de mão de chumbo 2T, pra arrebentar cara de pintada. Escorvou com cuidado, tinha ficado do gosto.

Saiu de casa antes do sol; no bolso, a carta em envelope aberto, como manda a educação, inútil em terra de analfabetos.

Coisa boa pra pensar é viajar sozinho. Contou todo o gado de todos os retiros, contou os vaqueiros e os filhos, contou as viúvas, os que morreram nas viagens, os que levaram bilhetes. Na sombra de uma mirindiba, na beira de um lago, sentou pra almoçar, deu de beber ao cavalo, conferiu se o bilhete estava bem agasalhado. Examinou o envelope, admirou a letra bem-feita, olhou e tornou a olhar; os dedos suados deixaram pequenas marcas no papel muito fino. Tratou de enxugar as mãos.

A Seca

Voltou num galope ligeiro, largou o cavalo amarrado, umas duzentas braças da sede; só levou o embornal e a Laporte. Os cachorros da casa abanaram os rabos sem latir; entrou pela porta dos fundos.

O velho estava na sala, debruçado na janela, olhando lá fora, contra o sol, o poeirão do gado descendo pra ilha. Armou o cão da direita.

– Pai!

O velho virou rápido, assustado, e os olhos esbugalhados, desacostumados com a penumbra da sala, se fecharam com o tiro da Laporte, o pequeno. O chumbo fino acertou um palmo abaixo do cinto, no rumo da braguilha – foi só pra garantir o estrago. O velho ficou parado, pálido, com os cotovelos apoiados no peitoril da janela, enquanto a calça branca de algodão começava a mostrar manchas vermelhas.

– Pai, eu tinha dois segredos pra contar pro senhor, e um o senhor mesmo viu e gostou – a minha mulher. Ela é diferente, pai, ela não é daqui, não é do cerrado. O olho verde, pai, veio de longe, ela é filha de um gaúcho que morreu debaixo de um esteira no desmatamento da Piratininga. Ela veio lecionar numa escola aqui perto, pai. Foram dois anos de namoro – na falta de assunto, ela me ensinou a ler e a escrever. Este era o segundo segredo, pai, não sou mais analfabeto. Aprendi a ler pra ser seu gerente, cuidar das suas coisas, pai.

– Me faltou educação ou sobrou desconfiança pra ler carta dos outros. Muita gente analfabeta morreu com um bilhete seu na mão. Olha só que beleza, pai: "Compadre, faz com esse o que fez com os outros, depois acertamos. Dispense a maldade que esse é cria minha. É que o olho verde da franguinha dele perdoa qualquer pecado".

– Perdoa mesmo, pai!

O velho levou a mão esquerda espalmada para a frente, ficou um pouco de lado, quis falar e engasgou. O cano esquerdo da Laporte depositou com barulho e sem cuidado uma pelota de 2T no bolso esquerdo da camisa do velho.

O tiro encheu a casa de fumaça e sacudiu o cerrado como se fosse outro grande trovão. Um bando de araras voou do jatobazeiro da porta, cachorros latiram assombração. Agora, sim, estava começando a seca.

A Estrada

"Eu sei o que é sofrer, compadre. A vida inteira em cima de caminhão, eu que comecei ajudante de mecânico, lavando peças sujas de graxa, até chegar a motorista, quando ainda falavam chofer. Custei muito a comprar o meu, fui melhorando até chegar no Mercedim-pescoço e, nos tempos do Juscelino, só viajava no asfalto, levando carga pra Brasília. Aí inventei de fazer besteira..."

A conversa com o compadre, em Anápolis, começou assim. Foi daquelas conversas compridas, com alguns detalhes de intimidade, confidências, muita coisa que não interessa a não ser aos dois, mas de importante, no duro, sobra mais ou menos o seguinte:

A besteira a que ele se referia foi uma tentativa de se tornar comerciante, resolveu ser cerealista, concorrer com os turcos de Anápolis, gente sabida. Só durou um ano, ou melhor, uma safra – comprou feijão muito caro, não conseguiu comprador, o feijão ficou velho e carunchou. Teve que pagar alguém pra jogar fora e queimar, porque pra pagar as dívidas teve antes de vender o caminhão. Ficou só com o nome e a fama de honesto e trabalhador.

Comprou o Ford F-8, um caminhão que tinha sido uma beleza, mas aquele, velho e mal conservado, pouco lembrava os imponentes F-8 com o seu típico roncado de caixa, descendo engrenados as longas ladeiras das estradas de chão. E com aquele motor V-8, bebia uma gasolina...

O caminhão, comprou fiado, foi o compadre mesmo que avalizou as promissórias, mas arranjar trabalho era outro problema – caminhão a gasolina dá prejuízo em viagens longas e o jeito foi trabalhar pra serraria, buscar toras de madeira nas matas, enfrentar as piores estradas, furar pneus em ponta de toco.

Na ocasião, a Goyaz estava comprando dormentes, e as serrarias dos vilarejos ao longo da Belém–Brasília acharam um jeito de ganhar algum. A sucupira-branca, comum no cerrado-grosso, era uma das madeiras de lei que a ferrovia comprava. As árvores mais finas eram lavradas a machado no lugar em que caíam; as mais grossas, tinham de ser levadas pras serrarias, onde as capiolas seriam desdobradas em dormentes.

Foi numa dessas que arranjou serviço, mas se arrependimento matasse... A madeira ficava longe, tinha umas furnas pra passar, e a federal, naquele trecho, era pura costela-de-vaca.

E foi só o caminhão carregado de capiolas entrar nas costelas, que o motor começou a ratear, depois a falhar, engasgou e por fim apagou. Tinha gasolina no tanque, só podia ser a parte elétrica. Quem conhece um pouco de mecânica, e até que ele conhecia, com jeito e paciência acaba descobrindo o defeito. E o problema era simples: o distribuidor estava bambo.

A Estrada

O distribuidor era preso por um parafusinho porqueira, rosca fina, com porca, mais ou menos três oitavos; duas chaves de meia polegada e pronto, estava apertado. Vam'bora!

Nem andou um quilômetro e o caminhão apagou de novo. Lembrou de São Cristóvão, padroeiro dos motoristas, e fez uma intenção; abriu o capô, o parafuso tinha bambeado. Apertou, acelerou, tocou; mais ou menos uns dois quilômetros, e o caminhão parou outra vez.

Rezou uma Ave-Maria pras almas do purgatório, examinou o motor, o distribuidor bambo – apertou, a rosca espanou. Se parafuso tivesse mãe e brigasse, a confusão estava feita; o grito com o palavrão estremeceu o cerrado.

Procurou na caixa de ferramentas um parafuso que servisse, e não tinha. Tocou a porca pra trás, pensou em colocar arruelas ou uma porca mais grossa, pra servir de calço, e não achou. Tirou uma porca da carroceria, limou um lado com cuidado, pra encaixar no distribuidor, e lembrou do mecânico que o desanimou a aprender a profissão:

"Vida de mecânico não presta, menino. Tudo no carro é com dor. É carburador, amortecedor, acelerador, distribuidor... No carro só o que não é dor é a fricção."

Pela primeira vez não achou graça nenhuma no trocadilho, apertou a porca devagar e funcionou de novo o caminhão. Dessa vez andou longe, mais ou menos uma légua, e pufe!

Abriu o capô, viu o distribuidor bambo, viu a porca espanada e invocou a desgraça pelada. Deu um chute de bico no novecentos por vinte e dois da frente e urrou de dor; tinha esquecido da unha encravada. Sentou no barranco e chorou de dor e de raiva.

O sol do cerrado, naquela hora, estava brabo; poucos carros passavam na estrada. Tentou parar algum acenando, os que paravam ofereciam carona, mas parafuso não tinham. Não podia deixar o caminhão sozinho, sempre aparece um ladrão, coisa esquisita.

Pegou um pedaço de arame recozido, macio, enrolou no pé do distribuidor, amarrou em dois parafusos do motor, cortou um pedacinho de pau, enfiou entre as pernas do arame, torceu e apertou. Funcionou o caminhão, andou dez metros e parou com o motor apagado – a gambiarra não funcionou.

"Só o capeta pra resolver esta merda! Desgraça! Podia aparecer o capeta, o cão chupando manga, pra consertar esta merda de caminhão!"

Passou um ônibus, um especial levando uma fanfarra de colégio, a meninada gritando, tocando corneta e tambor. O ônibus diminuiu a marcha, os meninos gritaram mais alto, respondeu com um gesto obsceno e virou as costas.

"O amigo precisa de alguma coisa?"

Não tinha escutado nenhum barulho, pensou que foi por causa do ônibus e ficou assustado; sentiu todos os pêlos do corpo arrepiados por baixo da roupa. Estava parado um caminhão roxo, todo empetecado de enfeites niquelados parecendo penteadeira de bordel. Nos cantos do pára-choque dianteiro, duas colunas de ferro, na ponta de cada coluna uma cabeça de índio, por dentro do pára-brisa, na parte de cima, uma cortininha de placas de madrepérola. O caminhão era da marca International, que por causa do formato da grade dianteira ganhou o apelido de Internacional-televisão, um caminhão muito bom, mas de manutenção muito cara, por isso pouco vendido, raro praquelas bandas.

Encarou o motorista, um negrão corpulento e sorridente, dentes perfeitos, nariz chato, um boné de couro na cabeça, vestindo uma camiseta sem mangas, preta e vermelha como a camisa do Flamengo. No pescoço uma correntona de ouro segurava uma estrela escandalosa, cravejada de pedras coloridas.

"Preciso nada não senhor, muito obrigado."

Virou rapidinho as costas, respirou aliviado com o barulho do caminhão indo embora, abriu de novo o capô, apertou a gambiarra de arame, funcionou o motor e tocou. Agradeceu a Deus o funcionamento da máquina e foi embora, devagar porque não queria nem pensar em alcançar o caminhão roxo, o Internacional-televisão que tinha ido na frente, na mesma direção. Mais ou menos dez quilômetros e o caminhão pifou de novo.

"Ô merda!"

Foi no distribuidor; o arame arrebentou e ele não tinha outro pedaço. Pegou uma pedra de cascalho e jogou com força pro meio do cerrado, xingou todos os palavrões que sabia. Sentou no barranco do acostamento, apoiou a cabeça nos punhos fechados e urrou de ódio.

"Ô cão! Volta aqui, capeta, e conserta ou põe fogo logo nesta merda!"

Dois jipes passaram correndo e levantaram uma nuvem de poeira que demorou a limpar, porque não ventava. Abaixou a cabeça, ficou olhando umas formigas bobas no chão, escutou um barulho de freio a ar e levantou a cabeça.

"O amigo precisa de alguma coisa?"

Ficou de pé com um pulo. O Internacional-televisão roxo, empetecado, estava ali de novo, com o crioulão no volante, aquela camiseta do Flamengo, o correntão com a estrela. O crioulão era todo sorrisos.

Um travo de pedra-ume apertou a garganta e só por isso o coração não saiu pela boca, de tão acelerado. A voz saiu fina, forçada, ataquarada.

"Preciso não. Só parei pra mijar."

Rodeou por trás do F-8 e abriu o pé no cerrado, levando no peito arranha-gatos, mamas-cadelas, taquaruçus e lobeiras. Parou sem fôlego debaixo de um açoita-cavalo e não sabia se suava de medo, calor ou cansaço. Tentou rezar pelo menos uma Ave-Maria, a cabeça fervia tanto que não conseguia passar do "Senhor é convosco".

Repetiu dezenas de vezes o começo da oração até que ficou um pouco mais calmo e voltou pra estrada – viu o tanto que tinha corrido e quase não acreditou.

Daí pra frente todo mundo conhece a história. Arranjou uma tristeza profunda, uma preguiça de Jeca-Tatu e nunca mais quis viajar. A mulher vendeu o F-8, pagou as dívidas e começou a trabalhar. Fazia doces e bolos que os meninos vendiam na rua, brevidades e canudinhos de massa de pastel recheados com doce de leite. Era pouco, mas dava pra pagar o aluguel, vestir e alimentar os meninos, pagar as despesas da escola. Ele mesmo, passava o dia abobalhado, com uma bacia no colo, uma colher de pau na mão, o olhar no vazio, batendo massa de bolo.

Consultou um bando de médicos, os diagnósticos variavam mas todos falavam em depressão. Tomou quilos de comprimidos que deixavam a boca seca, a urina presa e uma impotência de velho de noventa. Largou o tratamento, parou de tomar remédios.

Foi com um cunhado ao centro – frouxou de tomar passes, leu o que pôde de Alan Kardec, mas, nas reuniões, nunca contou nada pra ninguém. Não melhorou, freqüentou terreiros de macumba, fumou charutos baratos, bebeu cachaça sem querer, e nada.

Um vizinho convidou e ele foi até a igreja dos crentes. Leu muito a Bíblia, gritou muitas aleluias, conversou com o pastor, não contou a história. De madrugada, orou em cima de morros, e nada.

Voltou pra igreja católica, ficou sem saber se acompanhava os carismáticos ou o pessoal do catecumenato; confessou, mas nem assim contou a história. Continuou freqüentando a igreja, mas nada de melhorar.

E foi depois disso tudo que resolveu visitar o compadre e contar pra ele o que tinha acontecido na última viagem com o F-8. Quem sabe se, se abrindo com alguém, achava um jeito de melhorar, de perder a cisma e o medo, voltar a trabalhar, enfrentar a estrada.

O compadre chamou pra sentar no quintal, era mais fresco. Levou duas cadeiras e um tamborete, colocou debaixo do pé de abacate, perto do muro da divisa do terreno. Do lado do vizinho vinha uma fumaça, trazendo junto um delicioso cheiro de churrasco. A comadre trouxe uma jarra com caipirinha e um pratinho com azeitonas verdes, que deixou em cima do tamborete, com os copos.

"Vamo bebê, compadre, hoje é domingo e depois do almoço a gente dorme e descansa."

"Brigado, não tô bebeno, compadre. Eu vim aqui hoje dicretado pra me abrir com você. Preciso contar essa história pra alguém. Preciso explicar por que eu fiquei doente e quebrei, por que não dou conta mais de trabalhar. Compadre, eu vi o capeta, o cão, duas vezes no mesmo dia, de dia, sol quente. Eu sei o que é sofrer, compadre..."

E aí ele começou a contar a história pro compadre, com todos os detalhes esmiuçados, da mecânica, do parafuso do pé do distribuidor, da gambiarra de arame, da fanfarra, do caminhão Internacional-televisão roxo com o negrão de camiseta do Flamengo, o capeta.

Nesse ponto o compadre bebeu um gole grande de caipirinha e deu uma risadinha safada, com cara de quem não estava acreditando.

A história continuou e quando chegou na segunda visão do capeta, o compadre, com a boca cheia de caipirinha quis engolir e engasgou. A caipirinha saiu até pelo nariz, o compadre começou a tossir, ficou roxo, tossia e ria e não desengasgava, levantou da cadeira, agitou os braços, tossia e ria. Ainda roxo da tosse, o compadre pegou as cadeiras pelo espaldar, encostou no muro, rindo e tossindo: "Sobe aqui, compadre, sobe aqui".

Subiu na cadeira e olhou por cima do muro. Do outro lado uma garagem alta, de telhas francesas e debaixo, dois, dois caminhões Internacional-televisão roxos, iguais, empetecados, e que de diferente só tinham um número na placa.

"O Virso e o Dirso." O compadre tossia, ria e repetia: "O Virso e o Dirso!"

Desceu com as pernas bambas e sentou na cadeira, desentendido; o compadre continuou:

"O Virso e o Dirso, os gêmeos filhos do meu vizinho. São caminhoneiros, têm caminhão igual, vestem roupa igual e só viajam juntos. Eram eles, compadre, gente boa, uma beleza de meninos, educados, trabalhadores, responsáveis, religiosos, cantam no coro da igreja. Vamos até lá, compadre, conhecer os dois; que capeta coisa nenhuma!"

"Pelo amor de Deus, compadre, não me mata de vergonha. Não conta essa história pra eles, nem pra ninguém nesse mundo."

Rodearam o quarteirão e chegaram na casa simples e bem-cuidada; foram recebidos na porta e daí para o quintal. Debaixo da mangueira, a picanha estalava por cima das brasas. Os gêmeos, muito educados, se levantaram, abraçaram o compadre, foram apresentados. Estavam de roupa branca, domingueira, e sem o boné de couro, agora pareciam anjos.

"Vamos sentar, comer um pedaço de carne, ouvir música, beber uma cervejinha?"

Bebeu a cerveja com calma, em goles pequenos. Há anos não bebia e não se lembrava de outra tão saborosa. Viu renascer a coragem, a vontade de trabalhar, começou a sonhar com um caminhão novo, com longas viagens atravessando os chapadões do cerrado. Só percebeu que a música tinha acabado, quando um dos gêmeos o acordou do sonho:

"Então o senhor é o compadre do nosso vizinho? Ele fala muito bem do senhor. Contou que o senhor foi caminhoneiro, mas andou muito doente. Fé em Deus, homem, compra outro caminhão. Gente como o senhor nunca devia de ter deixado a estrada."

A Chuva

Quando ameaça chover no cerrado, aparece o vento geral. O mundo inteiro está seco, esturricado, e o capim que mal brota é rapado por um gado magro que cambaleia bêbado de fome, dia e noite, berrando feito assombração. O fogo completa o estrago – onde não ficam cinzas, jaz exposta a nudez do areal. Pequenos redemoinhos misturam areia e cinza, estralam folhas, derrubam sementes, ziguezagueando entre árvores e pedras, mal-guiados pelos seus demônios, seus sacis.

O grande vento chega de tarde e se anuncia de longe. Antigamente levantava um barrado cinza e dourado no horizonte, misturando as cinzas das queimadas com folhas secas, amarelas, que brilhavam ao sol. Junto com as folhas secas voavam as sementes do cerrado, aladas, imitando borboletas, transportadas a grandes distâncias.

Hoje o vento levanta a poeira dos chapadões arados e o cinza-dourado agora é vermelho e a poeira do grande vento entra nas casas, sufoca as pessoas e se espalha deseducadamente sobre todas as coisas.

"Vai chover! Pra dentro, menino!"

Ele se lembrava muito bem do último vento que levantou a barra dourada e anunciou o fim da seca, no último ano em que, ainda menino, morou na fazenda velha. Lembrava da casa do avô, onde também moravam os pais, os tios – a grande casa de telhas comuns com uma longa varanda de frente pro rio, o grande e poderoso rio, e ali pertinho, a barra do ribeirão, o barranco de onde saltava para a infância dos banhos de córrego, das pescarias de pataquinhas, miguelinhos e mandis.

Naquela noite, depois do vento que sujou o mundo, a mãe, lentamente, foi fazendo sua mala, peça por peça de um enxoval bem detalhado, exigência do internato dos padres diocesanos.

Estava indo pra escola. O sonho do avô era que, se gostasse, ficasse por lá, e ficasse padre. A família tinha muitos pecados, precisava de alguém pra falar com Deus. Se o neto fosse padre, quem sabe o jaguncismo, os filhos ilegítimos secretamente esparramados pelas casas dos agregados e as viúvas fabricadas não o empurrariam pro inferno.

O pai preferia um filho doutor, médico ou advogado, qualquer coisa com anel de grau no dedo, diploma na parede e chance de ganhar eleição. O pai queria o céu aqui mesmo.

A pouca chuva que caiu durante a noite não chegou a esfriar a casa, mas trouxe o cheiro gostoso da terra, o assanhador de lombrigas. Os trovões e relâmpagos o amedrontaram, e o medo da chuva fez esquecer o da viagem, o medo da mudança, o de ficar sozinho e longe dos pais, entre estranhos, num lugar que não conhecia e nem sabia pra que lado ficava. Dormiu abraçado com a mãe e sonhou que voltava de férias.

De manhã, café, biscoitos e a pequena viagem até o povoado, ele, o pai, um tio, as malas, as mulas. Duas léguas; depois a boléia da caminhonete até a cidade grande, até o colégio.

Marcou a viagem a revoada de urubus, centenas deles, num grande círculo preto boiando no céu e que avistou pouco depois que saíram da fazenda. Apontou com o dedo: – Olha pai!

Encontraram a rês morta na cascalheira, perto de um pé de baru destroçado por um raio. Ficaram observando a descida dos urubus e parecia que a chuva tinha deixado as aves malucas ou com vontade de brincar. Os urubus fechavam as asas muito alto e desciam como uma pedra que cai. Poucos metros acima do chão, abriam as asas, pousavam suavemente e se preparavam para o almoço. Ficou assustado quando um deles não abriu as asas e se espatifou no cascalho. Morto, nem chamou a atenção dos outros que continuaram a sua louca descida. Pensou que talvez fosse um urubu novo, um pouca-prática que ainda não sabia voar direito, ou um velho que, meio cego, calculou mal a distância do chão ou apenas um urubu comum, um qualquer um, que simplesmente não quis abrir as asas e escolheu morrer.

A voz do pai o arrancou dos pensamentos e o conselho que ouviu tinha requintes de sabedoria; daí pra frente, impossível esquecer:

– Vê como voar é perigoso, até pra quem já nasce com asas!

Suportou resignado a viagem de carro, a entrevista com o preceptor do colégio, as brincadeiras dos veteranos, a estupidez dos maiores, as longas noites de calor no dormitório coletivo, a imposição do silêncio, a obrigatoriedade dos ofícios religiosos, os longos e soporíferos sermões das missas de domingo.

A primeira vez que voltou à fazenda, levou um livro. Leu mais que pescou. Nas férias seguintes, levou dois, que leu rapidamente e então sentiu saudades da escola. Daí para a frente, só suportava as férias na fazenda por causa da grande quantidade de livros que levava.

Lia tudo e de tudo, se emocionava com os clássicos, sonhava escrever – arriscou um soneto, rasgou o papel. Desde o princípio, o espírito crítico censurava impiedosamente suas tentativas de criação. Passou a escrever e rasgar.

Comunicou ao avô que não seria padre, não tinha jeito pra coisa. O curso de Direito foi uma exigência do pai, que massacrou, de início, suas outras pretensões, estudar História ou Letras para ser escritor, melhor, poeta. O pai respondeu com um conselho meio-bronca, meio-sorriso: – Cria juízo, menino! Trata de fazer alguma coisa pra ganhar dinheiro!

Bacharel sim, advogado nunca. Nem juiz, nem delegado, promotor ou procurador. Nunca mais teria nas mãos um código, com seus estranhos parágrafos desagregados. Estava satisfeito com o emprego que conseguira numa biblioteca, tinha tempo pra ler o que queria.

Continuou lendo, escrevendo, e rasgando papel; o nível de exigência subia a cada trabalho. Procurava refúgio na leitura tentando esconder a frustração dolorosa de não conseguir escrever como desejava.

Então, um dia, ele conheceu o livro. Estava na mão de uma ex-colega de faculdade uma cópia xerox, encardida, de um pequeno livro de poesia.

Era a segunda edição, patrocinada por uma empresa estatal de crédito, do livro de poemas de um poeta do cerrado, pouco conhecido, e que escreveu este único livro, publicado pela primeira vez nos anos cinqüenta por uma editora já falida e que recebeu esta segunda edição, também já esgotada, daí a xerox. Tinha nas mãos *Poemas e Elegias,* de José Décio Filho.

Leu sem atenção, santo de casa..., depois teve vontade de ler de novo, e mais outra, dezenas de vezes. Passou a gostar do livro, de cada poema, como se todos fossem seus, como se ele os tivesse escrito. Cada um, um por um; descobriu que no livro um mesmo poema figurava duas vezes com nomes diferentes, e xingou o editor pelo descuido.

O livro o perseguia no trabalho, nas poucas horas de diversão, sem sossego; sabia de cor todos os poemas, em que página estava cada um, quantos eram, quantas palavras tinham.

Tinha relido, um pouco antes, o livro de contos de Jorge Luis Borges, *O Aleph*, e começou a ver no livro de poemas algumas ligações com um daqueles contos. O livro de poemas poderia ser o Zahir, o que entrava na cabeça e depois não saía, como em outros lugares, em outros tempos, o Zahir teria sido uma moeda, uma bússola, um tigre e, agora, era um livro – exatamente aquele pequeno livro de poemas.

Procurando desesperadamente esquecer o livro, percebeu que já não conseguia escrever e temeu a insanidade. Lembrou outro conto de Borges, onde um homem – um poeta – enlouqueceu e chegou ao suicídio por ter fixado na mente, sob tortura, o mapa da Hungria.

E o que o torturava era o prazer de ter conhecido o livro de Zé Décio, e mais, a vergonha de sentir inveja e a humilhação pela incapacidade de escrever alguma coisa, um pequeno poema que fosse, que pudesse figurar entre aqueles, sem desmerecê-los.

Ficava encantado com os poemas que falavam dos vôos, dos pássaros despretensiosos, das andorinhas sem aplausos. Sabia que o poeta tem uma outra alma, uma que se desaprega do corpo e voa, e paira sobre todos os sentimentos, dos mais sublimes aos mais atrozes e extrai deles a palavra exata, cirúrgica, poética. E sabia desde menino que voar é perigoso, ainda mais pra ele, um poeta sem asas. Não temia o vôo físico, o amedrontava a metáfora.

⟡

Fazia muito tempo que não ia à fazenda, o avô e os pais tinham morrido, a fazenda agora era sua, mas estava quase abandonada, cuidada por um parente distante. No lugar da casa velha, o pai fez construir uma nova, de alvenaria, telhas francesas. Conservou o modelo: a grande varanda de frente pro rio.

Outras coisas mudaram, o asfalto a menos de uma légua, a casa com energia elétrica e o cerrado cada dia mais desfigurado – grandes savanas artificiais de braquiária.

Chegou no final da seca, queria ver o vento geral, que nesse ano até que não fez escarcéu, foi um vento fraco, poucos trovões na primeira chuva. Perdeu a vontade de voltar pra cidade, foi ficando sem pressa, dormia até tarde, tentava esquecer o livro – nada. Mal conseguia escrever três palavras, a quarta já era do livro; repetia de cor o poema. Parecia que o livro continha todas as palavras que conhecia, todas as que usava, todas as que queria escrever, todas as que precisava esquecer.

Um dia sentiu saudade dos tempos de menino e resolveu pescar pataquinhas na barra do ribeirão. Foi com o caseiro, subiram lentamente o rio com a canoa de remos, amarrou a canoa na sombra. Começou a pescar e nada de peixe. No ingazeiro em frente, um martim-pescador pousado num galho seco olhava a água, petrificado. De repente, um mergulho rápido e o retorno num vôo curto para o galho, onde comia o peixe capturado e soltava um grito desafiador, parecendo zombar da incompetência dos pescadores humanos.

Prestou atenção no passarinho, nas três ou quatro vezes em que ele mergulhou, desapareceu na água e voltou com um peixe no bico.

Um outro mergulho e o martim não voltou. Aguardou em desespero que o pássaro emergisse com o peixe e nada. Longos minutos de espera e o martim, nunca mais!

A água, o rio, espelho e labirinto aprisionaram para sempre o pássaro que teve a ousadia de fazer do seu vôo um mergulho.

Teve um sobressalto, o perigo não estava no

vôo, estava no mergulho – o urubu mergulhou para a carniça e se espatifou no cascalho, o martim-pescador mergulhou no rio e não voltou.

Ali compreendeu que não está no vôo o risco que corre o poeta, está no mergulho dentro da alma, dentro dos escaninhos do conhecimento, dos escafandros gramaticais garimpando palavras, das metafóricas alcovas do prazer intelectual, do inferno do sofrimento sem mágoa. Voar não é perigoso, perigoso é o mergulho, e ele, que tinha tanto medo do vôo, não tinha feito outra coisa senão mergulhar, correr todos os riscos. E estava vivo.

Na cabeça, voltou o livro, voltou o primeiro poema do livro do Zé Décio, o "Poema Vertical".

Dei um mergulho em mim mesmo
Num pulo de cabeça a baixo...

O mergulho... o mergulho... o livro não falava só de vôos, falava também do mergulhar, num pulo de alto a baixo, não, de cabeça abaixo, não! Não conseguiu lembrar o resto do poema; tinha esquecido o livro.

Voltou para casa aliviado, um sentimento de cansaço, uma dor que parecia saudade, incomodava um pouco no peito. Tomou um banho demorado, vestiu uma calça larga, de algodão tecido em casa, calçou uma sandália de vão de dedos e uma camisa branca de linho, velha, puída na gola.

Deitou-se na rede da varanda e cochilou. A mulher do caseiro trouxe uma pequena lavadeira de petas e uma jarra esmaltada, que colocou em cima de um tamborete, com um copo.

– Sebereba de cajuzim, doutor. Os primeiros do ano.

– Olhou para o rio, que estava embaçado. Com as costas da mão enxugou uma lágrima que o incomodava.

Tinha certeza que agora poderia escrever, voar, mergulhar, quantas vezes, quantas palavras quisesse, mas não ali, naquela hora em que o rio continuava embaçado, embora ele já estivesse com os olhos limpos, sem lágrimas.

Não era ainda a sua vez. Naquele instante, a natureza presenteava o cerrado com o mais singelo e necessário de seus poemas: a chuva.

FUXICO

De primeiro, a festa era só para o povo da cidade do rio e das fazendas em roda. Marcavam a festa do padroeiro pras férias de julho, mudando a data certa que a folhinha indicava para que os filhos dos fazendeiros, que estudavam nas cidades grandes, viessem participar. Alguns traziam os amigos, as namoradas, e a fama da festa foi se espalhando lentamente, e a cada ano a cidade foi sendo invadida por gente de fora.

Primeiro vieram uns com máquinas fotográficas,

depois o pessoal da televisão veio e filmou e aí ninguém segurou mais: levas e levas de turistas barulhentos, bêbados, rapazes e moças com roupas inadequadas pra ocasião, e uma turminha sonolenta que pitava um cigarrinho fedorento, feito em casa.

A festa era religiosa, pelo menos para os da terra. Respeitavam os dias da novena, comungavam, acompanhavam a folia, festejavam os pousos, preparavam e enfeitavam a cidade. A igreja recebia pintura nova, branca, de cal; janelas e portas, tinta a óleo, azul.

O melhor das festas antigas era a mesa de bolos. Após a missa do domingo, uma grande mesa de tábuas e cavaletes era montada na porta da igreja. Cada família trazia uma toalha muito branca e sobre ela depositava com alegria travessas de bolo de arroz, de bolo de fubá, petas e biscoitos de queijo. Nos últimos anos, com os mineiros, chegou também o pão de queijo, trabalhoso porque tinha de ser assado na hora. Bules grandes, esmaltados, com café e chocolate; as xícaras eram as da casa. Nunca sumiu nada, uma colherzinha que fosse, até que o povo de fora achou de levar coisas antigas como lembrança.

Aí tiveram de tirar a mesa da porta da igreja e a colocaram nos fundos do quintal da casa do professor, que também emprestava a casa para as mulheres que agora, em mutirão, faziam os bolos e os biscoitos num mesmo lugar. No dia da festa arrumavam um porteiro que só deixava passar pra dentro os conhecidos.

A fazeção de biscoitos durava dois dias e enquanto amassavam e assavam, a conversa corria solta, preguiçosa, entremeada por longos períodos de silêncio, às vezes moderada pelo professor, o dono da casa, um solteirão aposentado, que controlava as finanças da igreja, organizava as festas e ainda cuidava de todos os miseráveis do lugar.

– Sabia, Dona Josefa, que aquele vaquero doidio, fio do Zé Baiano, morreu espetado de taboca? Ficou um dia morto no cerrado. Acharam por causa dos urubu...

– Num diga, minha fia, tadĩu.

– Mais era muito doidio, aluado, o home num ria. Uma veiz falô que sabia vuá.

– Doidio, doidio!

Assadeiras de bolo de fubá iam sendo empilhadas, cruzadas, para esfriar mais depressa; os bolos seriam cortados no dia seguinte e pareciam bons. Este ano até que teve muito ovo, as galinhas resolveram botar bastante depois que acabou a quaresma.

– E aquele moço calado, casado com aquela moça bonita dos óio de gato, parece que anoit'ceu e num amanhiceu, com a famia e tudo.

Também pudera, criminoso de morte! Diz que matou um véio por conta da moça, tomou ela dele.

– Prondié será qui ele foi, meu Deus?

– De certo pro Pará, o mundo é grande...

Num canto da cozinha, duas meninas pareciam distraídas cortando papel de seda pra fazer bandeirinhas e enfeitar a porta da igreja; não falavam, mas acompanhavam com curiosidade adolescente a conversa dos mais velhos.

– E seu marido, M'nervina, foi feliz na operação?

– Foi e num foi. Da hérnia ficou bom, mas ficou quarenta dia no Poranga por conta da infecção. Voltou sadio, mas aprendeu a mentir. Ficava lá debaixo dum pequizeiro, no fundo do hospital, escutando potoca dos médicos. Quando foi tinha matado oito pintada. Voltou falando em quarenta e oito e ainda inventou uma raça de onça, um tal canguçu-rasteiro que parece cachorrim de caçá paca.

– Vote!

– Tem mercadoria nova na loja da praça?

– Sim senhora, chegou um caminhão de Anápolis.

– Cruz-credo! É daquele home que teve quebrado e agora só anda de caminhão novo. Ele fez um trato com o capeta, pra melhorar de vida. Tem parte com o cão!

– Naquele caminhão não entro nem morta!

– Começaram a fazer a massa das petas. As quartas de polvilho-doce chegaram, o polvilho despejado em grandes gamelas de pau, onde era escaldado com água quente e banha de porco.

– E aquele doidim que mora no cerrado, lá no Buriti-só?

– Tá ruim. Quando vem na cidade fica lá no porto, hora olhando pro rio. Panhou mania de jogar pedra n'água.

– Tem conserto não!

A tarde estava no fim, as gamelas lavadas, encostadas de lado no canto da mesa, bolos nos tabuleiros, biscoitos nas latas de quarta, as mulheres ainda tinham o outro dia pra completar a fartura.

– E o dotô da fazenda da barra, será que ele vem pra festa?

– Sei não. Esse povo muito estudado parece que não gosta de acreditá em Deus.

– Vi falá que ele tá aqui mode escrevê um livro.

– Conta estas histórias pra ele, quem sabe ele aproveita alguma.

O professor, que até aquela hora tinha escutado tudo calado, fez com acerto e gravidade a sua intervenção, que encerrou de uma vez o assunto.

– Besteira, mulher! Cê acha que um homem preparado, estudado e viajado, vai perder tempo com fuxico e escrever um livro com estas histórias malucas, sem pé nem cabeça?

A noite principiava na calorenta cidade do rio; uma a uma as biscoiteiras foram saindo, se despedindo do professor que, como um retrato, se emoldurava com a janela da frente. Longe, batia a caixa que marcava as cantigas da folia; esta noite o pouso já era na rua. A praça quase vazia, a igreja muito branca, quatro meninas brincando de roda, um bando de moleques brincando de pique; o professor fechou a janela Amanhã cedo, polvilho, fubá, farinha, ovos, banha, sal, açúcar, forno quente e o tempero da conversa de todos os dias do ano – o fuxico.

Explicação

Começo explicando o nome do livro – pequeno, dá pra notar. A explicação maior é para o cerrado, um grande pedaço de chão que se espalha por Goiás, Tocantins, Mato Grosso, Piauí, Maranhão, Bahia, Minas e São Paulo e que em cada ponta tem um povo de um jeito, com caras e costumes diferentes. Vá comparar o xambari do Bico do Papagaio com a pamonha doce do Triângulo, e o que se fala e como se fala, ou como se monta a cavalo, como se vive.

O cerrado também é um só e é muitos, mas tem um cerrado, que eu conheci e que quase acabou, onde todo o cerrado se mistura. Um pedação de terra que hoje é meio Goiás, meio Tocantins, o Araguaia de um lado, a Belém–Brasília e o rio Tocantins no meio e a Serra Geral na outra banda. Gente do lugar, a nação Karajá, os Avá de cara preta, gente que veio de longe, do Norte os Krahô, da Bahia os Kalunga, do Sul, mineiros, paulistas, gaúchos, com máquinas, gado zebu, cuias de mate. O cerrado de muitas histórias, de gente trabalhadora, valente, corajosa e onde até hoje se fia em fio de bigode.

Então quis contar umas histórias do cerrado e que talvez pareçam soar falso. É que são todas inventadas, nada nelas é verdade a não ser no conto "Amigos" onde o nome do Trajano é verdadeiro – ele existe e é um dos quatro. Não sei se ele escreveu a história do Giliberto; se escreveu, perdoem o plágio; se não, ele que me perdoe o furto. Achei a história boa demais para ficar escondida.

Ninguém precisa procurar nenhum fato ou pessoa conhecida. Às vezes, a ficção se aproxima de alguma realidade nossa: é o acaso.

A história dos caminhoneiros escutei do meu pai e A reproduzi sem permissão, como se recebesse um adiantamento da legítima. Também são dele as histórias do urubu e do martim-pescador, que escutei bebendo cerveja, na ocasião em que estava lendo o livro do Zé Décio e, mais uma vez, relendo *O Aleph*. Foi só juntar as peças, o que me deu pouco trabalho.

Nos contos "A Pedra" e "A Seca" tentei repetir histórias contadas e recontadas no cerrado, nas quais alterei partes do desenrolar e exagerei no desfecho, daí a falsidade. Voar é simplesmente um exercício; o resto é fuxico e não precisa explicação.

G.P.

Título	O Pequeno Livro do Cerrado
Autor	Gil Perini
Projeto Gráfico	Marcelo Cordeiro
Capa	Marcelo Cordeiro
Editoração Eletrônica	Aline E. Sato
	Amanda E. de Almeida
	Marcelo Cordeiro
Tipologia	Agaramond
Formato	12 x 18 cm
Papel	Pólen Soft 90g (miolo)
	Cartão Supremo 250g (capa)
Número de Páginas	87
Impressão	Lis Gráfica